中国当代水墨人物画名家小品

ZHONGGUODANGDAISHUIMORENWU
HUAMINGJIAXIAOPIN

江西美术出版社

我所认识的大畏

赵昌平

　　阔别近30载，我与大畏的重逢，大约在五六年前的一次中国画展上。古人说"问姓惊初见，称名忆旧容"，然而当时，我总难以将当初同弄男孩稚怯的旧容与眼前这起起伟丈夫的笑貌，以及他背后更为伟丽的作品联系起来。印象中的大畏，还是1963年我远赴北大就学前的模样：细细长长，白白净净，总是那么整洁。然而我终于认出来了，从重逢握手之际，那标志性的笑容眼神中认出了他：粲然而友善真诚，却似乎总略带些迷离。而现在的变化，只是在迷离的期盼中，更多了些历练而来的前瞻与自信。比起惊诧于大畏形貌的巨大反差，我更感慨于他画风的丕变：一时间，我同样很难将他现在那些初看有浓重西方现代派意味的中国画，与原先的连环画《暴风骤雨》，以及他赠我远涉重洋的胞弟的传统国画《虎》相联系。变化，实在是太大了。我大体读懂他的新变作品，是在重逢约两年后——由于每年要同赴北京开一个长长的会，也就有了从容交流的时间，甚至进而共同策划了一些很有意思的史诗性的文化项目。

　　一直以来，作为"上古"社的总编，我总在寻找史诗性题材的绘画合作者，也曾采纳过几种历史画长卷，并为之序，然而我又总感到有所遗憾，因为史诗不仅具有历时性，更蕴涵着超越事件本身的复杂且深刻的动因，用传统文论的术语来说就是"势"。浅言之，也就是诸多历史的、现实的影响之合力所形成的"走势"，而传统中国画家，哪怕技法再好，将画幅展得再长，对于表现这种浑成的"势"来说，都不免显得乏术并因而乏力。是的，传统国画也有"咫尺应须论万里"的说法，但这种以心物相即、传神写照为理论基础的气势、气韵，与史诗所内含的"走势"，完全是两码事。前者从兴发意生到画面形成，都是共时的瞬间；而后者若形之于绘画，则必须将历史的历时性转化为瞬间的共时的视觉印象。前者可以只凭直觉而诉之于虚空，后者则必须伴随着深刻的理性思考甚至灵魂考量，从而将诸多的历史部件综合为浑沦而形上的一体。也因此，前者是较单纯的心物交通的建构，所谓"情往似赠，兴来似答"；而后者则必须是对历史解构之后的重新建构，说通俗点，也就是要将优秀连环画及其伴文的职能，高度抽象后共现于尺幅之中。

使我感到震撼而耳目一新的是他神话题材的史诗性画幅《开天》。是的，我甚至很难从画面上辨识出盘古及其周围数以百计的零部件的真切形象，然而我却确实感受到了开辟鸿蒙、二仪初分时代的元气，感受到了那种在周秦到两汉的典籍中得到充分表述的"早期中国"的天地人同一的朴素自然观，以及这种观念下所蕴藏的犷悍而苍茫的我们民族的创造性伟力。我所期盼的史诗性绘画的"势"，在这里得到了充分的表现。

不过，初时我对《开天》以及大畏那些近现代题材的史诗性画作，如《天京之变》、《长征》、《皖南事变》等，仍是知其然而不知其所以然。直到在他的画册中见到那组以黄土高原为题材的作品，我才对大畏及其新画风有了更深的认识。这组画，在我看来，是解开大畏画风丕变之谜的钥匙。黄土高原，我在1968年大学毕业，由北京远赴内蒙时曾经见识，当时有一种心被抽紧了似的深深感动，但一直未曾抓获这种感动的底因。而30来年后，面对大畏这组作品，尤其是他前不久告诉我，又重访了那座黄土高原中的晋北山村后，我终于明白了——在一片具有强大视觉冲击力的黄色中，似乎被天神之犁深深耕划过的黄土高坡上的沟沟壑壑，与同样沟沟壑壑，似乎也被犁耕过的晋北老农脸上的深深皱褶，使我感到作者似在天地人三维中，对于民族历史与民族精神作执拗

的苦苦追寻；一种沧海桑田的历史感中的积郁待放的深厚力度，一种具象的画面中的源于至情的人文抽象，令我当初的感动也得到了升华。从"黄土高原组画"初见形上思维的思力与技法，延伸到《开天》等，可以看到大畏在中国画中借鉴现代派绘画的发展脉络。而从"黄土高原"回溯《暴风骤雨》及《虎》，又可以明白《文心雕龙》何以说"学慎始习"、"功在初化"，以及大畏如此执著于中国画新变的原动力。带着这种体悟，我重新细读了大畏这10余年来那些初看极其西化的大体量作品。渐渐地，我从那极其印象化的色晕、极其抽象化的变形中读出了以劲健而纯熟的线条构建的骨骼，而多层次的色晕与繁复的变形，也因而在看似无序中形成或相同相近、或相反相逆的肌质联系。于是险危的架构中显现出均衡，散乱的局部汇成了整体，偏于苍黯的主色调也因内含的张力而透现出一种郁勃蓊茸的生气活力。是的，大畏的新画风肯定无疑地从凡·高、莫奈们那里，尤其是毕加索的艺术思维与技法中汲取了许多营养，然而这一切更通过努力"将毛笔与宣纸的功能发挥到极致"，而成为构成他新画风的有机元素。读到这里，我终于从画面上读出了大畏30年前的"旧容"，那种迷离中见期待追索的、真诚而善良的笑容眼神。

我不会画画，然而有感于大畏对"昌平哥"的少小之谊，便从"我所认识的大畏"角度，信笔写下了这些。如果能有助于读者对大畏的新变努力，以及与此相关的他所说的"主旋律"之含义，提供一种新的视角，则幸甚，幸甚！

MULU

目录

MULU

三人行　33cm × 33cm

三人行　68cm × 68cm

村里的故事　68cm × 68cm

出巡图　33cm × 33cm

4

天圆地方　33cm × 33cm

影子　33cm × 33cm

月色　33cm × 33cm

无题 9　33cm × 33cm

乡情　33cm × 33cm

一大一小　33cm × 33cm

醉酒　33cm × 33cm

背影　45cm × 33cm

无题 5　33cm × 46cm

裂痕　33cm × 33cm

无题 1　68cm × 68cm

伙伴　33cm × 33cm

寒外　50cm × 50cm

人体　55cm × 55cm

人体 50cm×50cm

人体　45cm × 45cm

人体　45cm × 45cm

人体　43cm × 45cm

人体　45cm × 45cm

人体　43cm × 46cm

24

人体　43cm × 46cm

人体　43cm × 46cm

人体　45cm × 45cm

人体　45cm × 45cm

人体　45cm × 45cm

人体 43cm × 46cm

人体　45cm × 45cm

人体与布老虎　145cm × 145cm

人体与布老虎　145cm × 145cm

人体与布老虎　68cm × 68cm

印象　68cm × 68cm

梦境——风尘三侠图 91cm×89cm

面具　75cm×71cm

高原的云　91cm × 89cm

高原的云　89cm × 91cm

兵马俑的记忆　68cm × 68cm

人体与布老虎　45cm × 45cm

人体习作　48cm × 48cm

图书在版编目（CIP）数据

中国当代水墨人物画名家小品. 施大畏 / 施大畏绘.
南昌：江西美术出版社，2008.8
ISBN 978-7-80749-358-7

Ⅰ. 中… Ⅱ. 施… Ⅲ. 水墨画：人物画—作品集—中国—
现代 Ⅳ. J222.7

中国版本图书馆 CIP 数据核字(2008)第 108407 号

中国当代水墨人物画名家小品·施大畏

施大畏　绘
江西美术出版社出版发行
（南昌市子安路 66 号）
http//www.jxfinearts.com
E-mail:jxms@jxpp.com
新华书店经销
江西省江美数码印刷制版有限公司制版
深圳华新彩印制版有限公司印刷
2008 年 8 月第 1 版
2008 年 8 月第 1 次印刷
开本 889 × 1194　1/12
印张 4　印数 3000
ISBN 978-7-80749-358-7
定价：29.00 元